현대시세계 시인선 134

모든 관계에서 오는 시간의 암호

유기홍
시집

모든 관계에서 오는 시간의 암호

유기흥
시집

도서출판 북인

시인의 말

작은 모래시계에 걸터앉아
시간과 공간에서 오는
모든 관계의 암호를 풀고 있는 나

2021년 가을

차례

2부 관계와 관계

3부 또 다른 관계

4부 암호 (보이지 않는)

1부

관계

시詩

아버지는 파란 바다에 그물을 널었어.
어머니는 파란 하늘에 빨래를 널었어.

나는 흰 종이에
모든 관계에서 오는
시간의 암호를 널었어.

이별 연습

저 사람 흔들어야겠다.
비가 온 뒤에 풀냄새가 진해지는 것처럼

그러다 사랑할 수 있고

바람이 불 때 어떤 행동을 하는지
저 사람 흔들어야겠다.

그러다
이별 온 후에

사랑이
실타래 같다는 걸
또 알겠지.

한 잔의 호흡

생각의 호흡이 흐트러질 때
술 한 잔은 사레들리고
그 호흡이
길거나 짧거나에
다음 이야기가 달라진다
한 잔의 호흡의 결과는
사레가 될 수 있으며
무엇의 힘이 되거나
정리하지 못한 죽음이 될 것이다.

오래 가지고 있지 말아야 할 것들

약속

거짓말

미안하다는 표현

사랑한다는 말

생각뿐인
모든 생각들.

풋사랑

코스모스가 철을 바꿔
다시 피는 것은
네가 내 앞에 와
환히 웃었던
얼굴이 생각났기 때문이다.

개나리가 늦가을에
다시 피는 것은
네가 내 옆을 지나쳐갈 때
고개 돌려
바라보던 너의 웃는 눈빛을
보았기 때문이다.

철없어하는 줄 몰랐다.

술자리에서

긴 이야기가 오간 후에
술 한 잔 마시고
안주를 보고
한동안 생각을 하다가
쓴 혀를
입천장에 쓱
달래고
다시 이야기하는 것은
진심이다.

깨가 하는 일

사실 별맛도 없는 녀석이
있어 보이는 척
맛있는 척 위장이다.

무장공비처럼
이 사이에
숨어
있을 뿐

녹색의 나이

스스로 늙어간다는 것을
느끼는 일은 쉽지 않다.

그것이 모르게 피고
가까운 것이 가벼워져
떨어지는 것을 보기 전에는

늙어가는 일

우리

모두의

일

티슈tissue를 뽑을 때

별빛을 손으로 잡는다는 것

바람을
구름을
얼굴로 눈으로 잡는다는 것

잡아도
결국, 소용없다는 것

겨울

소주를 한 잔 들이켜고
무언가 부끄러워
이마를 긁는다.

오늘
하루는 당신 것
오늘을 기억하겠다는

나의 생각은
당신뿐이라는 것

거리에서
당신과 오늘.

물체주머니

많은 물체 중
오롯이 S극과 N극의
파란 색과 빨간 색의 막대

철을 잡아당기는 자석이 좋았다.

울 할머니도 내가 좋아
날 보면
매일

우리 자석 우리 자석
나에게 자석이라고 했다.

살겠지

내가 버렸어.

실마리를

화분 안에 너무 많은 이야기가 있어서
궁금해서 들여다봤는데,
귀찮은 듯 사라지더라
생각했지 뭘 잘 못했는지.

영원할 거란 말은 못했지만

그가 사랑한다는 속삭임에

많은 날이 고민이었어
사랑보다 더 큰 말을 찾기 위해서였지

내가 먼저 못한
그것이 후회.

난 걱정이 없어.

정말.

무작정

철봉에 거꾸로 매달려
하늘과 땅의 경계를
본 자는 안다.

하늘 밑에 있는 것들은
모두 같은 곳에 있다는 것을.

소와 외양간

소를 살 것인가
외양간을 지을 것인가

소 잃고 외양간

평생 소를 사고 싶은 어미와 애비는
소를 샀다.

외양간이 없는 소는
비를 맞으며
청춘을 살고

외양간을 얻었으나

다시
마당 큰 나무 밑으로 나가

하늘을 보다.

항해

늘 외부에 의해 출렁거린다.
짊어진 무게
생명은 물에 잠기고
언제
어디에서 불어올지 모르는 바람
두려운 마음 불을 켜고

공포는 표적이 된다.

긴장
목표인 방향으로 가고 있는지
도착해야 알 수 있는
울렁거리고
밤이고
외로운.

나이거나

노오란 불빛 밑에서 흰 종이에 검게 쓰인 글을 보았다.
눈의 흰자가 검게 될 때까지 술을 마시고
다시 검은 눈동자가 흰자의 지배를 받았다.
총명한 머리는 신기루처럼
이젠 신기루라는 단어를 생각해내지 못한다.
늙은 낙타가 터벅터벅 걷고 있는
사막의 나무이거나 모래이거나
나이거나

2부

관계와 관계

호도糊塗

찢어진 눈과 얇은 입술

살금살금 눈치보며
얼렁뚱땅

은근슬쩍
구렁이 담 넘어가듯

두루뭉술

곁눈질하며

스스로 용서를 하고
당당하게
천국을 가겠다는

생존

철없이 피는 노오란 개나리를
보고 웃으며 이제는 개나리의 개화 시기를
다시 생각하지 말자

기억을 기록으로 남기는 그런 세상에
우리 이제 옆집 담 넘는 못된 고양이에게
애정을 주지 말자

깜빡이 없이 들어오는
그에게 소리 한번은 지르자

멱

개울에서 물놀이 하다.

붉은 노을에 집 갈 시간을 알다.

뒤집어 옷을 입다.

귓속 모래무지 성에
물속 피라미와 이야기하다.

매끄러운 큰 돌 주워
머리 기울여 귀에 대면
노을이 소리로 바뀌는 것이
돌에 그려진다.

내일 엄니에게 혼나도
다시 온다는 이야기를 하고

파래진 입술을 떨다.

봄이 꽃에게

꽃이 좋아서
그에게 말을 걸었다.

곧 비가 내리고 꽃이 질 줄 알지만

좋다고
그에게 말했다.

마지막을 함께 못하지만
당신이 좋다고
사실은 나도 사라질 거라고
속삭이듯이 이야기했다.

고백이 아니라
운명이라고 말했다.

두리반

해가 떨어지고 저녁이 되면 우리는 두리반에 모인다.

나는 학교에 다녀오고
아버지는 밭에 다녀오고
어머니는 장에 다녀오신다.

두리반에 모인 우리는
하루 이야기 한다.

거짓 같은 行(행)
땀의 고랑

눈물 다듬은 열무줄기
聯(연)과 마지기*와 장터자리

詩(시)와 밭과 5일장

공통점은
두리반.

* 농지의 면적을 세는 단위로 씨 한 말을 뿌려 농사를 지을 만한 크기의 농지를 말한다.

주인공

어두웠던 밤
달이 떠서
슬픈가보다.

찬바람 불던 밤
그 달이 꽃을 비추어
슬픈가보다.

귀뚜라미 울던 밤
그 꽃에 한 사람 생각이 나
슬픈가보다.

모든 것이
문득 보이고 생각나
지난 사랑이 슬픈가보다.

나를 버린다

나에게 눈길 한번 주지 않는 구름을 누워서 6시간 바라보고 있다. 사실은 구름은 눈이 없다. 나는 시계도 보지 않는다. 계속해서 구름만 바라보며 투정을 부리고 있다. 나를 떠나간다고, 또 다른 사실은 구름을 큰 쌈에 싸서 먹어버리고 싶다는 생각, 그리고 냄새 없는 트림을 하고 구름이 사라지면 담배 한 대를 물고 나만의 구름을 만들다 ####### 사방이 막힌 냄새나는 똥통에서 눈치를 보며 화를 내고 영원한 구름이 없음을 후회하고 화려한 외모보다 절실한 진실은

본다.
온다.
웃는다.
말한다.

사랑한다.

스토리

해가 지고 어둑해지면
사람이 보고 싶다.
그가 생각이 날 때마다 전화하고 싶기도 하지만
그는 큰일을 한다는 생각에 소주 한 잔 더 마신다.

베란다에서 담배를 피우다
파리 한 마리가 붙어 있는 것을 보고
웃다가

주저앉았다.
그가 방충망을 뚫고 들어오려는 것이 아니라
내가 방충망에 갇혀 있다는 것을 알았고

그때
앞집 개도 방충망을 뚫고 짖어대고 있었다.

어마어마한 사람

그 사람 사진만 봐도
착하게 살아야겠다는 맘을 먹는다.

가만히 보고 있으면 내가 뭘 잘못하고 살았을까?
생각하고 반성하고
다시 바르게 살려고 노력을 한다.

나에겐 어마어마한 그 사람

어찌나 바르게 생기고
눈빛이 깊은지

보고 있으면 음악을 틀어놓은 것 같고
비 오는 날 햇살이 보이는 듯하며

덕분에
나는
늘
봄이다.

종교 없는 기도문

그대
웃으라

그대보다
어린 사람에게
웃으라

그대
웃으라

그대보다
여린 사람에게
웃으라

그대
웃으라

그대
곁의 사람에게
웃으라

그대 웃으라

저항의 값

동이 트기 전
새벽에 일어나
울었다.

눈이 떠지자마자
억울하고 분해서
울었다.

응어리가
마음에서 떨어져
동이 트기 전
아직 보이지 않는
하늘에
넣어두었다.

부연설명

잠자리 눈이 왜 커졌는지 알겠다.
가을 하늘을 나는 잠자리는
앞도 보고
땅도 보고
파란 하늘도
봐야 하기 때문이다.

번역

수많은 자위의 날이다.

그가 묻는다.
외로움이 뭐냐고

혼자 따른 술에
구토한
내가

외로움이다.

고추냉이

그 사람 만나면
눈에 눈곱이 가득했으면 좋겠다.
그 사람 만나면
귀에 귓밥이 가득했으면 좋겠다.
그 사람 만나면
코에 딱지가 가득했으면 좋겠다.

입은 다물어야지.

순수하게

어느 교과서에도 없다.
누구도 꽃은 아름다운 것이라고 알려주지 않는다.

화려한 색을 눈으로 보고
향기를 맡으며
벌과 나비가 찾아내는
달콤함과 꽃가루의 영양을 추측하여

스스로
꽃의 아름다움을 저장할 뿐이다.

일이 꼬이기 시작

숫자가 많으면 복잡하고 괴롭다.

구구단을 외우던 시절
2단에서 5단까지가 좋았는데

선생님은 단 한번도
2단에서 5단은 외우게 하지 않았다.

6단에서 9단만 시켰다.

3부

또 다른 관계

넥타이 이어 말하기

버스 정류장 목줄 맨 신사가 있다.
술을 마셔 휘청거려도
나를 지켜줄 거란 목줄을 하고

하고 있는 목줄
힘차게 잔 부딪치며 외치던 그가

그가 누운 곳은
정류장 의자

의자 옆
아침 길 가던 목줄 한 개가

개가
큰 가랑이 벌려 오줌을 싼다.

싼 자리에서
그가 일어나 처음 한 일은 목줄
좌우 위아래로 바로잡기

만萬

익었구나
익어서 흐드러지겠구나
생각이 글썽이는구나
머무르지 못하는구나

못 견디는 것은 비밀이다.
생각이 눈물 사이에 위치하는구나
터져버린 마음이다.

짬뽕을 먹으면서

늘 그렇듯 오늘도 뜨겁고 붉은 국물이 있고 그 속에 복잡하게 얽혀 있는 혈관 같은 면과 모든 장기의 역할을 하는 해물들, 살아 있는 무언가를 통으로 집어삼키는 것 같아 무섭지만 거친 정글에서 살아남은 것 같은 기분이 들지. 그리고 바닥을 보았을 때 처음부터 함께했던 것들도 있고, 다양한 것들이 한 곳에 모여 다른 무언가 될 수 있다는 확인을 하지 난 다시 정신을 차리고 나도 어딘가에 속해 있고 싶다는 생각을 하지.

그러는 동안

심장이 뛰기 시작했다.

그러는 동안 지구는 돌고 있었다.
지구를 중심으로 크게도 돌고 있었다.

걷다가
뛰다가

파도가 치고
비가 내린다.

사실 그 비는
수증기였다가 강물이었다가
바다가 되기도 했다.

바람 좋은 여기에
의자 하나
있으면 좋겠다.

나부랭이

새가 목숨을 걸고 물속으로 돌진한다.
곰이 허우적대며 물속으로 들어간다.

각자 다른 영역에서 숨을 걸고 들어간다.

검은 옷 차려입고 불속으로 들어간다.

자기 숨도 모르고
남의 숨 들여다보며 들어간다.

저승사자처럼
우아미를 떠는 동물이
교묘하게 숨겨 있다.

좆도 아닌 새끼가
들킨 줄도 모르고.

윤슬

바람과 빛이 만나 결潔을 만들다.

잠이 오지 않는 밤이면
마당에 나가

늘 태양을 짝사랑하는 달에게
빛을 얻어 결潔을
부탁했다가

둘이 없어
하나인 때

함께하였다가
떨어진 잔가지들을 주어다가 불을 피워

숨소리도 큰 밤 잔잔한 바람을 물이 아닌 불에게 부탁하여본다.

웃음 가득하고 큰 눈으로 잔잔한 결潔을 만들던 소녀

겨울 긴 밤은 물도 불도 없어
백석의 나타샤를 상상해 결絜을 만들어본다.

수數와 양심

주사위는 6까지 수가 있다. 경우의 수가 6개라는 것
7이 나올 수는 없다. 7을 바란다면 주사위가 아닌 다른 것을
던져야 한다.

궁정의 수와
부정의 수가
있으나
인간의 변칙행위로 하나의 주사위가 아닌
두 개의 주사위를 던진다면 경우의 수가 늘어난다.

양심은 있어 3개의 주사위를 던지는 것은 본 일이 없다.

딱딱딱

그 모가지를 비틀면 타임머신을 탄다.
과거로 가고 미래로도 그리고 3시간으로 간다.
사라지는 구름과 구름 사이에 간극이 멀다 가깝다.
뜨거운 물에 족욕을 하다가 생각이 겹쳐
커튼을 치고 수평선을 본다.
색색 많은 땀은
뱀이 벗어놓은 비늘처럼
바람에 간사하게 팔랑거린다.
키 큰 30㎝ 자의 한 눈금만큼의 간격이다.

의인법擬人法

꽃이 될 수 없다.
다만 꽃이 되고 싶을 뿐이다.

어린 가지가 바람에 흔들려
스스로 가지를 자를 때

사진작가는 그림처럼 사진을 찍고
화가는 사진처럼 그림을 그린다.

사람이고 싶다.

사람인 척 살아가기가 역겨워
또 삶과 세상을
실눈으로 등진다.

ᄀᆞᆲ(결)

밥을 먹다 젓가락을 한 짝 놓쳤다.

식당 사장님이 도여 하신다.

네? 하고 물으니 한 짝만 떨어졌으니 도여 하신다.

그럼 두 짝을 떨어뜨리면 뭐냐고 물으니 개나 도지 하시며
윷놀이 몰라? 물으신다.

그럼 걸이나 윷, 모는요?

하니

혼자 사는 놈은
도나 개뿐이란다.

그나마 엎어져 일도 못하는 놈은

아무짝에도 쓸모없는 낙落과 같다 하신다.

어쩌라는 거냐

술을 마셨다.
어머니께서 술을 마시지 말라고 하셨는데 술을 마셨다.
죽어서 귀신이 돼도 술을 마시러 오는데
술은 나쁜 것이라고 마시지 말라 하신다.

제사를 지낸다.
아버지는 할아버지께서
떡을 좋아하셨고
평소 술을 즐기지 않으셨다고 한다.

제사 음식은 평소 돌아가신 분이 좋아하는 것을
진설陳設하면 좋다고 이야기를 곁들인다.

아버지께서도 술을 좋아하지 않는다면서
나에게 제사 지낸 술을 주신다.

내가 마신 술은
아버지가 주신
할아버지 제사에 쓰인
정종이다.

안녕하세요

혼자 사니 외롭냐는 질문에 웃는다.
외로운 것이 뭔지 잘 모르겠다.

혼자 밥 먹기는 힘들다고들 한다.
식당에 가서 다른 테이블이지만
사람이 밥을 먹고 있을 때
밥을 먹는다는 것에 감사를 모르는 것이겠지

혼술 하다 필름이 끊기거나
많이 마셔 구토를 해본 경험이 있을까?

집 밖을 나가지 못하는 이유는
굳이 갈 곳이 없어서이고
경치가 좋은 곳에서도
혼자 한 시간 앉아 있으면
무료해진다는 것이다.

가치 있게 만날 사람이 없어서
밖을 나가지 않는다는 사실이다.

나이를 먹는다는 것

이제 순수하지 못하다는 것
세상에 많은 연결고리를 보았다는 것

몇 번 정의를 계산한다는 것
나의 위치를 생각해보았다는 것

친구가 없다는 것
사회적 위치를 확인한다는 것

오늘이 즐거운 것
내일의 죽음을 망각했다는 것

그래도 바람과 꽃이 좋다는 것.

왜이랴

눈이 왔고 밤새 바람이 계속 소리를 질렀어.
왜이랴~ 하는 할머니 소리가 난 웃겼어.
왜이랴~ 바람아 눈아 왜이랴~
추운 날이었어 다 얼어붙었지
다음 날 세상은 투명하거나 깨끗하거나 난 그래서 신났어.
할머니와 엄마가 마당에서 대화를 나누었는데
항아리를 열어본 할머니는 간장 항아리는 얼지 않았다고 했어.
살 수 있다고 쌀과 간장만 있어도 살 수 있다고
수도쯤이야
마당과 길이 얼었을 뿐이야.
큰길은 차가 못 다니는 것이 아니라 쉬는 시간이야
내가 넓은 곳에서 놀 수 있는 시간이 온 거지

왜이랴
난 신나는구먼.

인간의 존엄尊嚴성

2019. 봄부터. 지금까지.
101동 302호 개새끼와
102동 402호 개새끼가 대각선으로 대화를 나눈다.
중요한 뉴스를 들어야 하는데
낮에도 밤에도 대각선 대화는 끝이 없다.

그 정도 대화면
검찰은 개혁하였고
모두를 위해 공수처를 만들고
우리는 남북통일을 하고
지구에 플라스틱은 사라졌을 것이며
핵무기를 모두 폐기하였을 것이다.

모든 인간은 존엄하고
나라의 주인인 국민은 근엄하다고
시원한 막걸리를 사발에
마시고 있을 것이다.

개새끼는 귀엽고 좋으나
인간이 아니며

가족도 아니고
잡식하는 네 발 달린 짐승이
인간의 욕심에
인간 흉내를 내는
변질된 찌꺼기일 뿐이다.

바이디백Baidibek Bi*

이제 알겠어
당신이 지평선을 달리고 있을 때
37년 전 한 날 밤별이 전부인 줄 알고
부끄럽게 떠들고 살았던 날들을

수평선과
바다의 일인 줄만 알았던 파도
사막 속에서만 있던 정의

時 속에 있는 지평선

그리고 또 망각하는
길 위에 있음을.

*카자흐 유목민의 연합을 이끈 전쟁영웅이자 정치가.

4부

암호 (보이지 않는)

철이 들다

비로소 알 것 같다.
흰머리가 단풍이 든 것 같다는 어린아이의 소리에
나는 어떤 물이 들었나?
그날 우연하게도 들은 그 말에 철이 들고
그래도 흰 단풍은 없다는 그 어미의 말에 아이는, 아니고 사람이 늙으면 흰 수염과 흰 머리에 흰 단풍이 들어 깨끗해진다는 아이의 말에 이 다음에 아주 많이 시간이 흐른 뒤에 아니 빠르게 시간이 흐른 뒤 꿈에서라도 보고 싶고 그리울 사람을 생각한다. 지금 그 사람에게 추운 오늘 어찌 지내시냐고 전화라도 해야 시간이 흐른 뒤에 그를 위해 더 많이 울 것 같다. 어미는 죽은 아비의 말소리를 떠올리다.

먼 훗날

그렇게 높게 쌓여 있는 연탄불을 본 적이 없다. 상갓집 골목에 겹겹이 켜켜이 쌓여 있는 연탄불이 적어도 30장은 돼 보인다. 그런 불이 마당과 길 여러 곳이다. 한 곳은 한참 어른들에게 밀려 마당 귀퉁이도 못 차지하고 중년의 사내들이 서서 소주를 마시고 한 곳은 아직도 믿기지 않는 시인의 부음을 누군가에게 알리려 분주하게 전화를 한다. 연탄불 마지막 한 곳은 상가에 망자를 이야기하는 손님들은 열에 하나 그를 칭찬한다. 부산, 서울, 대전, 경북 어디?, 장례식에 손님들은 시골 망자의 장례식에 불편함을 뒤로 하고 달려와 그가 사는 마지막 술에 붉게 타는 연탄불을 보며 그를 회상한다. 그의 삶이 연탄처럼 구멍구멍 같았다는 이야기 아니, 연탄인 양 구멍구멍 따스하고 환한 게 불 같았다는 이야기, 아니 연탄인 듯이 한 장 한 장, 위와 아래를 아우르는 열정이 있었다는 이야기. 연탄같이 학창시절 큰 키에 검은 얼굴 이야기 낮은 담장 넘어 영정 사진을 힐끔 보고는 다시 시인의 삶을 이야기한다. 누군가 붉게 타들어가는 연탄은 시인이라는 말에 모두 연탄불같이 구들장 색 변하듯 침묵하는 밤이다.

여행가방

75 하고도 다섯이나 더 한 할머니가 짐을 싼다.

당신 잘 때 건조하니께 가습기 넣고. 당신 감기 잘 걸리니께 감기약, 혹시 모르니께 소화제 넣고 신발은 편한 놈으로 하나 더 넣고 우산은 어쩔랑가? 김치에 된장 고추장 좀 챙기고 혹시 또 모르니께 모자도 싸고 모기가 많을라나 모기약 넣고

수건 챙기고 치약에 칫솔, 당신 면도하지. 부채 넣고, 비니루 봉지도 넣고, 비누 넣고.

할머니 짐을 싸니

할아버지께서 그러신다. 아! 글쎄 6·25 피난길에 어머니가 밥해 먹겄다고 해서 아버지가 그 무거운 가마솥을 지게에 지고 간 거 아녀 가다보니 폭탄 맞은 집에 길가에 솥단지가 천지여 왜 그리 무거운 솥단지를 지고 가자고 지랄을 해서 3일 산길을 개고생 한 거 아녀 하시며 이사를 혀 이사를 지랄도 참. 하시고 동네 산보 간다며 나가신다.

붉게 물든 검정색들

그가 어떤 생각에 던진 그물에 걸린 나는
아직 그물이 나인가?

아직 빨간 색의 모자를 쓰지 못한다.
물이 돼야 하지만 결코 그물에 걸린 나는 물이 될 수 없다.

어느 날 바다가 보이는 마당에서 힘껏 장작을 패고
이마와 등과 온몸에
머릿속 뇌
뇌 속 전체를 땀으로

그처럼
이유를 알 수 없이 불을 피우고
바다를 보아야 한다.

빨간 모자가 아닌
검은 색의 하램바지를 입고
아직 그물에 걸려
물이 되지 못하는
것은

모두 검은 색이 되고

비웃는다.

별일 없이 산다

글을 처음 배울 때부터 많은 반대말을 찾아왔지
시작은 무식하지 않기 위해 유식하기 위해서
숙제로 비슷한 말과 반대말을 찾았지

게으르지 않기 위해 부지런을 떨었고
할머니와 아버지와 어머니의 가난이 싫어
나도 막연하게 부자가 꿈이었지

불행이 창피해서 행복한 척도 했었고
어두운 밤이 싫어 밤에 눈 감고 자는 시늉을 했고
낮에는 아무도 모르게 빨간 눈으로 졸곤 했지

사랑을 하기 위해 미움을 버리려 노력했고

해의 반대가 달인가? 별인가?
달의 반대가 별인가?

유식해도 부자여도 행복해도
사랑해도
외로움의 반대말을 찾지 못했지

밥 먹는 소

우식이가 있다. 친구다.

30년지기 친구다.

전화하면 늘, 응~ 어이~ 친구~~ 나 만취여~~

이렇게 전화를 받는 친구였다.

왜 또 취했어? 하면 술에도 취하고 소똥에도 취하고

행복에 취했다고 하는 친구를 보러가는 길이다.

몇 달 전 친구가 소가 늙어 죽는다고 했을 때 알았어야 했는데.

세상이 밥알 같아야 한다고 했을 때 알았어야 했는데.

세상 걱정이 없으면 심심할 거란 친구였다.

싹수없는 나는 이제 힘들면 어디에 전화하지?

걱정하고 있다.

오늘은 이제 취하지 못하는 우식이 대신 내가 만취가 될 듯하다.

오늘 우식이 보내러 가는 길은

눈에 물 볼록렌즈가 만들어져 벌써 취한다.

册張(책장)

册張(책장) 사이에서
비밀도 아닌
비상도 아닌
만 원권 지폐도 나오고

册張(책장) 사이에서
잃어버린 기억의
사진도 나오고

册張(책장) 사이에서
내용을 단정지어버린
문신 같은 밑줄도 나오고

册張(책장) 사이에서
누구의 마음을 접어넣은
흔적도 나오고

册張(책장) 사이에서
그날 먹은
메뉴가 나오고

작가가 쓴 글에
내가 덧댄
책장 사이에서

반/반

서로가 그대를 부르고 외쳐본다.

속도가 빠르면 춥다.
기억은 정확하지 않은 것.

천천히 긍정의 방향으로 우뚝 서서 긍정의 바람을 온몸으로 받는 것.

바람을 일으킨다는 것.

반복이 좋은 건 익숙해진다는 것.

젊어서는 다양한 경험과 새로운 것을 추구하고
늙어서는 변화 없이 늘 한결같은 것을 추구한다는 것.

익숙하다는 것은 변화 없이 신선하지 못하다는 것.

익숙하다는 것은 신선하지는 못하나 평화롭다는 것.

과거를 붙잡다 새로운 것을 놓치고

새로운 것의 낯섦에
거부감과 두려움이 온다는 것.

당신의 세상이 아니라

젊은이의 세상을

당신의 위안으로 꿈을 앗아간다는 것.

물고기가 눕는다는 것

수족관 큰 물고기가 허연 배를 내놓고 누워 있다.
아직은 숨을 쉬고 있지만 사실은 곧 죽음을 향하고 있음을 알고 있다.

강아지도 쓰다듬어주면 배를 보인다.
항복이다.

우리는 잠을 잘 때 누워 배를 하늘로
죽어서 반듯하게 누워
배를 하늘로

배를 보인다는 것
눕는다는 것

힘들고 늙어 지쳐
항복이다.

날고 있는 적에게 들키지 않기 위해
푸른 등을 가지고 푸른 물에서 살던 물고기는

허연 배를 들어내놓고
가쁜 숨을 쉬며
항복이다.

된똥

못된 생각을 하고 많이 행동하는지
불쌍하다는 기분이 늘 함께한다.
늦기 전에 더 아껴주지 못해 미안하다고 말하고 싶고.

이것은 된똥이다.
네가 만들어 힘에 부치지만, 아가리로 똥구멍으로 그리 밀어낸 너의 찌꺼기다.

이 세상에
그 말이 낯을지 모르나
그렇다면 세상을 등지고 노래할 것이다.

넌 네가 살아가는 세상
그리 당당할 필요는 없다.
오늘 네 똥구멍이 피 흘리며 절규하는 날이다.

각자의 도생으로 말하기조차 힘이 든 상황이지만 잊히지 않는 말이 있다.

오늘

당신이
웃으며

미안하다.
한
말.

유통기한

말로 한 약속에는 기한이 있다. 그 약속은 시간의 흐름에 산화되거나 변질, 부패가 된다. 발효되기는 힘들다. 이제 더는 시간을 구걸하기에 자존심이 상한 잠자리는 그냥 날개에 이슬을 달고 부양하려고 한다. 해가 뜨는 시간은 일방적으로 그가 한 말이다. 해가 뜨면 이슬이 사라지고 기온이 올라갈 것이다. 정확한 시간을 기다리는 잠자리의 마음은 그가 정해놓은 기간을 지나 기한이 다 되었음을 통보한다.

5학년

지칠 때면 구석에 웅크리고 앉자 다음에도 이렇게 시간을 보내지는 않겠지 하는 생각을 한다.

아비는 마루에 딱딱하고 무거운 목침을 베고, 어미는 쥐가 지나다니는 부엌이란 곳에서 구멍난 남자런닝에 시집올 때 가져왔다는 테두리가 녹색에 꽃이 있는 베 돗자리를 깔고 수건을 접어 베고 누웠다. 조용히 대문을 열고 동네를 걷다가 다시 와도 내가 생각했던 다음의 시간은 없다.

예보

시간은 내 시간인데
공간이 다른 이의 것일 때가 있다.

내 사람이었다가
다른 사람일 때가 있다.

비 오는 날이
어두운 밤이
처음처럼 낯설다.

그 도시에서의
자유로움은
낯선 곳에서의 공포다.

여행은
낯선 곳에서 공포가 여유로
나의 시간이
다른 시간으로
듣지 못하는 언어로
낯선 풍경으로.

돌장이 김씨

돌집, 석공石工 김씨에게 마시를 갔다. 마당 돌 구경 시키다. 사무실 금고 상자를 꺼내 갑자기 반지 자랑한다. 금반지 은반지 또 금반지, 많기도 하다. 50개는 넘어 보이는 반지들 동화책 보석상자 안 보석이 있는 듯 많은 반지가 있다. 웬 반지가 이리 많으냐고 물으니 손가락이 두 개 없고, 손톱이 없는 손가락이 많은 돌장이에게 부인이 생일날, 결혼기념일, 좋은 일이 있을 때 선물한 반지란다. 남편 손이 안타까워 손가락이 안타까워 선물한 반지다. 평생 부인의 마음을 보다 죽기 전 좋은 곳에 주고 자신은 부인 이름이 새겨진 돌 반지를 끼고 간단다. 돌장이는 사랑도 돌같이 한다.

D - CSTC

사람을 따라
시장에 갔어.

1층은 방공호
맑은 사람들이 살고자
모여 있었지

샘물들이 있었고
좋은 향기와
꽃과 나비도 있었어.

지하에는 비밀스럽지만
화려한 인간 사료들이 있고

한쪽 구석에
인간 사육장이 있었는데
살찐 인간들을 도살하고 있었어.

거대한 기름을 먹는 인간이
맑은 물을 기름과 착각한

인간들을 도살하고 있었어.

도살자는 거대한 인간과 약속을 한
도살당하고 있는 사람들의 친구였어.

그 친구는 무서운 여러 개의 눈으로
살찐 친구를 구별하였고
꽃과 나비와 향기 그 착한 사람들이
사육장에 머물다 죽어갔어.

hommage모닥불

누군가의 주머니 속 라이터에서 시작한 모닥불은 실상은 그 빛이 아닌 열을 얻기 위해 나무는 타다닥타다닥 타들어 가는 것이다. 깡통 속도 좋고 어머니만 보았을 그 새벽 아궁이 속 불도 좋고 어느 차가운 도시 귀퉁이 노상도 좋고, 아버지의 아버지가 그랬듯이 새벽 헛헛한 속을 김칫국으로 후루룩 속을 달래고 막노동 현장에 크게 뚫려 마지막까지 제 일을 다 하는 드럼통 속 그 붉은 빛이다. 그 언젠가 이불 속에서 본 TV 끝 동해 우뚝 떠오르는 태양 빛이다. 멀리서도 알아볼 수 있는 큰 모닥불 옆 동료가 보이는 모닥불이다. 그 빛에 얼굴 발거래 해지는 열기에 하루를 한 달을 걱정하는 우리와 이제 나무의 속살을 알 수 있는 시간이다. 생선짝도 좋고, 사과짝도 배상자도 공사판 오비끼와 조각난 어느 합판 쪼가리도 땔감으로 좋은, 갈라 터지고 때 낀 손톱의 시장통 어머니가 아무도 모르게 쬐던 모닥불은 해가 뜨고 사람들의 발길이 분주해지면 겸손한 듯 모르게 사그라들며 해 뜨기 전 삶에 태양열보다 더 뜨겁고 밤하늘별보다 더 빛나는 것이다.

시골 상갓집 앞 망자가 뜨거웠던 젊은 시절처럼 타오르는 모닥불.

할아버지의 할아버지가 보았을 논두렁가 싸라기 내리는

새벽 모닥불이다.

*백석. 안도현. 유기홍.

그 모든 사소한 것들의 힘
—유기흥 시집 『모든 관계에서 오는 시간의 암호』 읽기

오민석/ 문학평론가, 단국대 교수

I.

유기흥 시인은 지적 갑옷을 입고 허세를 부리지 않는다. 그는 철학의 외투로 자신을 치장하지 않는다. 그는 고뇌의 전압을 올리며 정서적 구걸을 하지도 않는다. 그는 어린아이처럼 천진하다. 그리하여 그에게는 그 모든 사소한 것들이 새롭다. 그는 마치 처음 보는 것처럼 일상을 대한다. 최초의 눈에 포착된 일상은 습관과 반복의 더께를 입고 있지 않다. 그것은 생생하게 살아 최초의 경험처럼 다가온다. 그는 화석화된 일상을 깨고 두드린다. 그의 망치는 순수한 직관이고, 그의 시는 그 직관의 기록이다. 그의 언어가 닿을 때, 멈춘 기계들이 삐거덕거리며 움직이기 시작한다. 그는 노회한 시각의 비늘을 벗겨낸다. 반복된 경험은 권태의 사물들을 생산한다. 그의 시는 권태의 지층을 벗겨내는 도리깨 같다. 그의 언어가 한번씩 직관의 도리깨를 휘두를 때마다 잊힌 사물들의 지도가 드러난다. 그의 시를 읽는 것은 죽은 사물들의 묘지를 걷어내는 일 같다. 그의 트랙터가 한 번 지나갈 때마다 흙의 속살이 드러난다.

개울에서 물놀이 하다.

붉은 노을에 집 갈 시간을 알다.

뒤집어 옷을 입다.

귓속 모래무지 성에
물속 피라미와 이야기하다.

매끄러운 큰 돌 주워
머리 기울여 귀에 대면
노을이 소리로 바뀌는 것이
돌에 그려진다.

내일 엄니에게 혼나도
다시 온다는 이야기를 하고

파래진 입술을 떨다.

—「멱」 전문

이 그림엔 인공적인 사물들이 들어설 자리가 없다. 그는 최초의 시간 위에 덧쌓인 문명의 지층을 걷어낸다. 시계 대신 "붉은 노을"이 시간을 알려준다. 정해진 관습대로 옷을 입지 않아도 된다. 귓속에는 "모래무지 성"이 들어와 있고, 인간은 그 귀로 "물속 피라미와 이야기"를 나눈다. "매끄러운 큰 돌 주워/ 머리 기울여 대면/ 노을이 소리로 바뀌"고, 그 이야기가 "돌에 기록된다." 이런 풍경 속에 자아와 세계의 균열은 존재하지 않는다. 그 어떤 사물도 고립되어 있지 않다. 세계를 구성하는 모든 것들은 다른 것들과 섞여 전체를 이룬다. 그 어떤 문화적 훈육도 이런 생활을 막지 못한다. "추워서 입술을" 파랗게 떨지언정, 이런 풍경에서 삶과 이상, 인간과 세계의 분열은 존재하지 않는다. 이런 그림 속에서 인간은 사물 속으로, 사물은 인간 속으로 계속 파고들어 하나가 된다.

루카치G. Lukács의 말대로 "별이 빛나는 하늘이 모든 가능한 길들의 지도였던 시대는 얼마나 행복했던가". 루카치는 또한 "그런 시대에는 철학이 필요 없고, 모든 사람이 철학자이다"라고 덧붙인다. 시인이 그려내는 풍경은 철학이 필요 없고, 그것의 기록 자체가 철학이 되는 세계이다. 물론 루카치가 말하는 이런 시대는 그리스 서사시의 시대이다. 그런 시대는 갔다. 그러나 문학은 이성과 문명과 관습의 두께로 사라진 사물과 세계에 대한 노스탤지어를 기록한다. 문학은 삶을 죽이고 세계의 총체성을 깨뜨리는 것에 저항하며 사라진 총체성을 복원한다.

늘 그렇듯 오늘도 뜨겁고 붉은 국물이 있고 그 속에 복잡하게 얽혀 있는 혈관 같은 면과 모든 장기의 역할을 하는 해물들, 살아 있는 무언가를 통으로 집어삼키는 것 같아 무섭지만 거친 정글에서 살아남은 것 같은 기분이 들지. 그리고 바닥을 보았을 때 처음부터 함께했던 것들도 있고, 다양한 것들이 한 곳에 모여 다른 무언가 될 수 있다는 확인을 하지 난 다시 정신을 차리고 나도 어딘가에 속해 있고 싶다는 생각을 하지.

—「짬뽕을 먹으면서」 전문

시인은 사태를 최대한 단순화한다. 그는 복잡한 철학기제를 동원하지 않는다. 그는 인위의 옷을 벗은 사물에 가능한 한 굴절각이 없는 직관의 눈을 들이댄다. 그의 눈은 세상의 모든 것이 처음인 아이처럼 맑고 투명하다. 저 사소한 "짬뽕을 먹으면서", 그는 아무리 하찮은 사물일지라도 그것들이 모두 세상의 "장기"이며 "혈관"임을 읽어내고, 그 모든 사소한 것들의 존재감을 드러낸다. 그것은 관습과 권태에 의해 죽은 사물들을 다시 살리는 작업이고, 세계가 다름 아닌 살아 있는 개체들의 '관계'임을 확인하는 일이다. 그 관계는 인간을 배제하지 않으며, 인간도 그 관계를 전유하지 않는다.

그의 노스탤지어는 이렇게 훼손되지 않은 최초의 관계를 향해 있다. "처음부터 함께 했던 것들"이라는 표현은 이런 관계의 원초성을 나타낸다. 이런 관계의 확인은 전체를 이루는 부분들을 서로 연결하는 작업이고, 그런 작업은 이

전체에게 "다른 무언가 될 수 있다"는 잠재성을 부여한다. 다른 무엇-되기는 고립된 사물들로는 이루어지지 않는다. 무엇-되기는 관계의 총계가 이루어내는 벡터vector에서 나온다.

II.

시인의 시집은 총 4부로 이루어져 있는데, 각기 제목이 달려 있고, 이 제목들은 이 시집의 전체 짜임새를 보여준다. 각 부의 제목을 순서대로 열거하면, 1부는 "관계", 2부는 "관계와 관계", 3부는 "또 다른 관계", 4부는 "암호(보이지 않는)"이다. 결국 그의 직관은 '관계의 연속체'를 향해 있고, 그의 시를 그 관계 속에 보이지 않는 코드("암호")를 읽어내는 작업으로 보아도 된다. 앞에서 인용한 시에서도 드러나지만, 그는 사소해 보이는 사물 안에서 관계의 방정식을 읽어낸다. 그러나 이 작업은 분석과 평가 행위가 아니다.

시인은 우선 대상들의 옷을 벗겨 알몸을 들여다본다. 그에게 있어서는 이 최대한의 단순화야말로 '물-자체'로 다가가는 가장 효과적인 방법이다. 그는 모든 사물 위에 축적된 문화적 해석의 지층들을 걷어내고 최초의 사물을 보고자 한다. 이러할 때, 그것을 보는 시선 역시 관념이나 개념, 또는 지적 체계를 걷어내고 최대한 단순화되지 않으면 안 된다. 이것이 이 글의 도입부에서 말한 '순수한 직관'이다. 그의 시에서는 이렇게 주체와 대상 모두가 단순화된다. 왜곡과 장식의 옷을 다 벗은 주체와 대상이 만날 때, 관계의 암호가 풀린다.

잠자리 눈이 왜 커졌는지 알겠다.
가을 하늘을 나는 잠자리는
앞도 보고
땅도 보고
파란 하늘도
봐야 하기 때문이다.

—「부연설명」 전문

이 작품은 오욕칠정의 미로를 거쳐 어느 순간 도달한 진각眞覺 같은 세계를 보여준다. 시인은 이처럼 대상에 투여된 주체의 주관성을 최대한 지우고 대상과 만난다. 마치 화가 장욱진이 복잡한 음과 색과 음영과 원근법을 다 지나고 마침내 도달했던 어린애 같은 그림처럼, 이 작품은 단순성의 아름다움을 보여준다. 동시童詩의 이름을 업지 않고, 지각의 최소주의minimalism of perception이라고 불러도 좋을 이런 작품을 쓰기란 쉽지 않다.

모더니즘 이후 현대시는 얼마나 복잡하고 난해해졌는가. 큰 흐름을 볼 때, 현대시는 파편화된 세계에 대한 파편적 묘사로 "별이 빛나는 하늘이 모든 가능한 길들의 지도였던 시대"를 그리지 않은 지 이미 오래되었다. 현재 한국 문단에서도 이런 경향이 예외가 아닌 점을 고려하면, 시인의 이런 시도들은 독특하다.

철철봉에 거꾸로 매달려
하늘과 땅의 경계를
본 자는 안다.

하늘 밑에 있는 것들은
모두 같은 곳에 있다는 것을.

—「무작정」 전문

이 시 역시 '단순한 진리'에 대한 소박한 언급을 보여준다. 그러나 이런 진리는 복잡한 담론에 밀려 사소화된 지 오래다. 너무 사소해서 잊힌 세계를 시인이 소환할 때, 사소한 것은 오히려 새로운 것으로 바뀐다. 시인은 사물에 중층적 은유의 덮개를 씌우는 대신에, 거꾸로 그것들을 벗겨내는 작업을 통하여 시적 '낯설게 하기'에 도달한다. 말하자면 그는 은유와는 다른 방향으로, 즉 반시反詩적인 길을 통하여 시에 이른다.

어느 교과서에도 없다.
누구도 꽃은 아름다운 것이라고 알려주지 않는다.

화려한 색을 눈으로 보고
향기를 맡으며
벌과 나비가 찾아내는
달콤함과 꽃가루의 영양을 추측하여

스스로

꽃의 아름다움을 저장할 뿐이다

—「순수하게」 전문

시인은 일반론처럼 이야기하지만, 이 시는 사물을 지각하는 시인의 고유한 방식의 고백으로 읽어도 된다. 그가 말하는 "교과서"는 축적되고 관습화된 문화기제를 가리킨다. 그가 볼 때 그런 기제로 사물의 핵심을 만날 수 없다. 문화적 기제는 대상에 자기 이데올로기를 투여하지만, 정작 대상은 그것과 아무런 관련이 없다. 문화는 대상 위에 사회적 관습을 각인하고, 그런 층위가 쌓일수록 대상의 '최초의 장면'은 망각된다.

시인은 대상 위에 부여된 해석의 다양한 층위들을 긁어내고, 대상 자체의 색과 냄새와 감각을 따라간다. 그것은 마치 현상학적 판단중지epoche처럼, 대상을 지우고 나를 지우는 작업과 유사하다. 그러나 그것은 대상이나 주체 자체가 아니라, 그것들에 덧씌워진 문화적 관습을 지우는 일이다. 위 시의 제목에 나오는 "순수"란 바로 이렇게 주체/대상 쌍방에서 문화의 덧칠이 지워진 상태를 의미한다.

사실 별맛도 없는 녀석이

있어 보이는 척

맛있는 척 위장이다.

무장공비처럼

이 사이에

숨어

있을 뿐

—「깨가 하는 일」 전문

위트는 어린애 같은 순수함 속에서 더 쉽게 터진다. 굴러가는 낙엽만 봐도 깔깔대며 웃을 수 있는 것은 노회한 자의 특권이 아니다. 순수 직관으로 볼 때, 관습에 억압되어 있던 사소한 것들의 목소리들이 살아난다. 문화의 그물을 벗겨낼 때, 사물은 비로소 한 치의 억압도 없이 기지개를 켠다. 그러므로 단순화는 기법이나 장치로 복잡해진 원형을 복원해내는 작업이기도 하다. 평균적인 독자가 친숙한 것은 원형에 덧씌워진 장치들이다. 그러므로 그런 것들은 아무런 새로움도 불러일으키지 않는다. 이 지각의 사막에서 살아나기 위해 작가들은 그 위에 더 많은 장치와 기법을 동원한다. 난해함 자체는 혐의가 될 수는 없지만, 부정적 의미의 난해함은 이런 과정에서 발생한다.

시인은 예술의 이런 관성과는 정반대로 나아간다. 물-자체에 덧씌워진 색깔들을 지워낸 자리에서 최초의 풍경이 살아날 때, 유기홍 식의 낯설게 하기가 성취된다. 워즈워스 W. Wordsworth를 위시한 영국의 낭만주의 시인들이 어른의 지각을 버리고 어린이의 감성으로 돌아가려 했던 이유도 바로 이것이다. 워즈워스는 무지개를 보고 가슴이 뛰는 유년의 감성이 어른을 지나 늙은 후에도 지속되기를 꿈꾸었다. 만약 그렇지 않으면 "차라리 죽는 것이 낫지"라고 했던 그의 고백은, 통념과 관습이 지워진 자리에서 주체와 대상이 날 것으로 만날 때의 환희에 대한 절대적인 찬가이다.

III.

복잡한 현실에서 단순하게 산다는 것은 그리 만만한 일이 아니다. 파편적 현실에 대한 파편적 대응보다 더 난감한 것은 파편 뒤에 지워진 '처음의 기억'을 찾는 일이다. 그것은 관습을 거부하는 일이며, 지각을 역순환하는 작업이고, 장식을 버리는 일이다. 그것은 외로움을 초래하는 수행performance이다.

수많은 자위의 날이다.

그가 묻는다.
외로움이 뭐냐고

혼자 따른 술에
구토한
내가

외로움이다.

—「번역」 전문

시인은 자청해서 최소주의의 미학을 따른다. 그것의 외피는 소박하며, 사소한 것들로 해석될 여지가 많다. 그 사소한 것들의 힘을 드러내는 일은 간단한 일이 아니다. 그는 "혼자 따른 술에 구토한" 자신을 "외로움"이라 "번역"한다. "자위"는 자신을 위로하는 행위自慰이거나, 자신을 지키는 행위自衛, 혹은 그 양쪽일 수도 있다. 세상은 관습과 제도와 축적된 문화의 길을 따른다. 그것이 가리고 있는 생기生氣의 힘을 이야기하는 것은 통념을 위반하는 행위이다.

이 시집의 여러 곳에서 시인은 그런 행위의 외로움을 이야기한다.

해가 지고 어둑해지면
사람이 보고 싶다.
그가 생각이 날 때마다 전화하고 싶기도 하지만
그는 큰일을 한다는 생각에 소주 한 잔 더 마신다.

베란다에서 담배를 피우다
파리 한 마리가 붙어 있는 것을 보고
웃다가

주저앉았다.
그가 방충망을 뚫고 들어오려는 것이 아니라
내가 방충망에 갇혀 있다는 것을 알았고

그때

앞집 개도 방충망을 뚫고 짖어대고 있었다.

—「스토리」 전문

화자는 누군가를 그리워하지만, 그를 만나는 일은 여의찮다. 그가 고작 발견하는 것은 자신이 "갇혀 있다"는 사실이다. 그는 무심코 "베란다에서 담배를 피우다", 외부 세계("파리")가 자신에게 쳐들어오는 것이 아니라, 자신이 갇혀 있다는 사실을 깨닫는다. 관습과 통념의 세계는 그것을 위반하는 주체를 가둔다. 그가 보고 싶은 사람은 "방충망" 너머의 먼 세계에 있고, 그는 그곳으로 넘어가지 못한다. 방충망 밖의 "파리"와 짖어대는 "앞집 개"는 갇혀 있는 화자의 고독을 더욱 심화시키는 관습의 장치들이다.

숫자가 많으면 복잡하고 괴롭다.

구구단을 외우던 시절
2단에서 5단까지가 좋았는데

선생님은 단 한번도
2단에서 5단은 외우게 하지 않았다.

6단에서 9단만 시켰다.

—「일이 꼬이기 시작」 전문

이 작품은 앞에서 인용한 「깨가 하는 일」처럼 유년스러운 위트를 전면에 내세우지만, 사실은 시인의 최소주의 미학을 잘 드러낸다. "숫자가 많으면 복잡하고 괴롭다"는 이 단순한 전언은, 사물에 자신의 이데올로기를 투여하고, 해석과 관습의 두터운 문화를 축적해온 세계에 대한 명백한 거부 선언이다. 복잡하고 많은 "숫자"들은 최초의 존재에 가해진 전유와 분석의 기표들이다.

시인은 스스로 일을 꼬이게 만들면서, 복잡한 로고스들에 가려진 저 사소하고 단순한 것들의 힘에 주목한다. 이것은 장식과 허례의 남루를 벗어던진 생명의 소리를 날것으로 듣는 일이다. 이 시집은 이런 자발적인 최소주의의 시들로 이루어져 있다. 저 사소한 것들의 힘은 그것들을 발굴하는 시인의 문장들을 통해 복원된다.

현대시세계 시인선 **134**

모든 관계에서 오는 시간의 암호

지은이_ 유기홍
펴낸이_ 조현석
기 획_ 고영, 박후기
펴낸곳_ 북인
디자인_ 푸른영토

1판 1쇄_ 2022년 01월 08일
출판등록번호_ 313 - 2004 - 000111
주소_ 121 - 842 서울 마포구 서교동 460 - 34, 501호
전화_ 02 - 323 - 7767
팩스_ 02 - 323 - 7845

ISBN 979-11-6512-134-1 03810

책값은 뒤표지에 있습니다.
저자와 협의 아래 인지를 생략합니다.